SINGULIÈRE

PROFESSION DE FOI

D'UN

VIEIL ACTIONNAIRE

DE L'AMBIGU-COMIQUE,

COMPOSÉE EN 1828.

OUVRAGE QUI *DEVAIT ÊTRE* POSTHUME.

PRIX : 1 FRANC.

PARIS.

IMPRIMERIE DE AUGUSTE AUFFRAY,

PASSAGE DU CAIRE, N° 54.

1832.

SINGULIÈRE

PROFESSION DE FOI

D'UN

VIEIL ACTIONNAIRE

DE L'AMBIGU-COMIQUE.

SINGULIÈRE
PROFESSION DE FOI

D'UN

VIEIL ACTIONNAIRE

DE L'AMBIGU-COMIQUE,

COMPOSÉE EN 1828.

OUVRAGE QUI *DEVAIT ÊTRE* POSTHUME.

Non sunt in senectute vires.
CICÉRON.

PARIS.
IMPRIMERIE DE AUGUSTE AUFFRAY,
PASSAGE DU CAIRE, N° 54.
—
1832.

PREFACE INDISPENSABLE.

Deux choses pourront étonner le lecteur dans la profession de foi que nous livrons à son jugement. La première, l'originalité du sujet, et ensuite le choix qu'a fait l'auteur de s'astreindre à la difficulté de composer un grand nombre de vers alexandrins sur une seule rime masculine. Cette bizarrerie, qui n'a toutefois rien de romantique, n'est pas, il est vrai, de nature à compter parmi les innovations de nos jours; déjà plusieurs auteurs d'ouvrages burlesques avaient produit de petites pièces insolites sur ce rithme, et ils avaient su dissiper la monotonie inséparable de ce genre, où un même son frappe sans cesse l'oreille, par une gaîté naïve, dont malheureusement il n'est pas donné à tout le monde de faire usage avec une égale supériorité. L'on a donc cru, par considération pour cette remarque, devoir intéresser d'avance l'indulgence du public en faveur de l'actionnaire de l'Ambigu dont rien peut-être ne justifierait la hardiesse auprès des personnes sévères, malgré sa position fâcheuse comme bâilleur de fonds, et faire connaître en même temps que la *Profession de foi*, bien loin de ressembler aux nombreux mé mires de contemporains dont nous sommes inondés, n'est pas le fruit d'un travail long et pénible, enfanté dans le silence d'un cabinet. Improvisée, non sous l'influence de l'opinion et du désir trop commun de mériter des suffrages

ou des emplois largement rétribués, elle dût le jour à
à un pari anglais et à la longueur de quelques entre-
actes, comme à la mémoire étonnante d'un acteur placé
dans la loge voisine de celle où se trouvait l'actionnaire
en question.

Toutefois, nous ne pensons pas que cette double cir-
constance soit dans le cas de surprendre beaucoup de
monde : les improvisateurs [1], soit en vers soit en prose,
ne sont pas rares aujourd'hui, et de tous les temps les
mnémonistes ont confirmé plus d'une fois l'existence
et l'étendue d'un sens particulier que l'exercice et l'ha-
bitude développent chez ceux qui le possèdent dès les
premières années de la vie, quelquefois au détriment
d'un autre bien plus précieux dont sont douées les personnes de génie, avec des exceptions néanmoins ; car
l'immortel, sublime et tendre Racine, de toute classi-
que mémoire, avait, comme on sait, le privilége de les
réunir l'un et l'autre au degré le plus parfait, en dépit
de la moderne accusation de perruquinisme. L'histoire,
en effet, rapporte qu'ayant été privé du Théâtre grec
par ses parens, d'une austérité peut-être trop rigou-
reuse, il l'apprit par cœur tout entier dans un espace
de temps fort court, et que depuis, chose étonnante,
il ne l'oublia jamais, sans le repasser dans son esprit.

Peut-être demandera-t-on : Quel intérêt présente à
bien des gens la profession de foi d'un simple particulier, d'un homme obscur ? Ordinairement ce genre d'ouvrage n'a d'attrait que par les points de contact ou de
ressemblance que le lecteur est quelquefois bien aise

---

[1] M. Eugène de Pradel compris.

de chercher en secret entre lui et un homme célèbre qui lui révèle, comme au tribunal de la pénitence, le fond de son cœur et la nature de tout son être. Cette recherche silencieuse et intérieure a quelque chose d'agréable en flattant notre amour-propre, quand il s'agit de grands hommes, l'ornement des siècles futurs. C'est elle encore qui a rendu si précieuses les remarques physiques et morales de Gall et Lavater.

Nous ne répondrons point à cette question. Le déluge d'ouvrages de même espèce que chaque jour voit éclore et mourir, sous le nom de Mémoires ou de Vies particulières, sans omettre, dans ce nombre, les articles nécrologiques et biographiques, suffira, nous le présumons, pour atténuer la culpabilité, s'il y en a toutefois à suivre le torrent.

Mais votre actionnaire fait son apologie et celle de sa famille, répliquera-t-on; eh de quel droit? encore si son ouvrage était posthume! Cette matière est délicate, et ne réclame-t-elle pas d'ailleurs une plume étrangère? Cela n'est pas douteux. Et sur cela nous ne nous constituons pas son avocat. Tout ce que nous croyons faire observer à cet égard, c'est que les journaux et feuilles périodiques nous persécutent bien autrement et de la même manière, sans parler de leurs abondantes redites, ni des discours de tribunes publiques et autres de même force. Du reste, si sa profession de foi était par hasard de nature à donner quelque prise à la critique, peut-être l'en féliciterions-nous, en lui laissant le soin d'y répondre. Nous avons la faiblesse de penser qu'il est tout aussi capable d'occuper, à sa manière toutefois, c'est-à-dire avec originalité, le monde littéraire, bien qu'il soit stygmatisé du sceau de la réprobation de presque toutes les coteries et de celui de la camaraderie à la mode.

Quant à nous, pauvres éditeurs, si nous avons commis une indiscrétion en donnant de la publicité à un petit ouvrage retenu à la volée ou par cœur, et résultant d'un défi, nous espérons trouver toute excuse et devant son auteur et devant le public, puisque nous en serons probablement pour nos frais d'impression, qui s'élèvent à un peu plus de soixante-quinze centimes par ligne de soixante lettres, prix moyen pour l'insertion dans les Petites affiches omnibus, les journaux quotidiens et autres.

Plusieurs anachronismes nous ont frappés; entre autres celui de placer Ovide entre Ronsard et Deshoulières. Le nom de Marot ou de Dorat aurait, suivant nous, établi une connexion d'époques plus convenable; mais ils pourront sans doute s'expliquer par l'âge avancé de l'actionnaire qui les a commis. La mémoire des temps à soixante ou quatre-vingts ans doit broncher quelquefois; du moins on peut le présumer. La preuve en est d'ailleurs dans l'emploi du mot de pipeau adapté au genre de Ronsard, dont les œuvres ne sont pas essentiellement pastorales.

SINGULIÈRE
PROFESSION DE FOI
D'UN
VIEIL ACTIONNAIRE
DE L'AMBIGU-COMIQUE.

Folie ou non, c'est fait ! comme adjudicataire,
De l'Ambigu-Comique on m'a fait actionnaire,
Et, de son bâtiment, un peu propriétaire.
Pour six mille cent francs, prix de la folle-enchère,
D'un titre rouge enfin, je suis le cessionnaire [1],
Et très-loin comme on voit d'être un Robert-Macaire.
Je m'en applaudis fort ! non que par-là j'espère,
De bons billets de banque ou bien de numéraire,
Avec justice, un jour, emplir mon secrétaire ;
Ne sais-je pas comment un théâtre se gère,
Et quel trop faible droit de la sorte il confère ?
Sans fruit très-rarement l'expérience éclaire ;
Mais voici ma raison : parfois atrabilaire,
Je trouve à ce spectacle, appelé secondaire,
Un foyer magnifique et de quoi me distraire ;
Des femmes de bon ton et point de harengère ;
Des sofas, un buffet où l'on se désaltère.

[1] Au théâtre ce mot reçoit une acception particulière : il signifie
qu'une personne s'est acquis le droit d'entrée annuelle.

*

Là, sans rien éprouver du penchant somnifère,
Respirant un air pur aussi sain qu'au Calvaire,
On ne redoute point un milieu délétère,
Causé par l'éclairage importé d'Angleterre ;
Encor moins le danger d'éclater comme un verre :
L'huile seule y fournit son vaste luminaire.

Pardon si poursuivant, sur cette rime en *aire*,
J'épuise sans raison tout le vocabulaire ;
Mon Pégase est rétif aux lois de la grammaire,
Et ma muse bizarre est rarement sévère.
Aussi vais-je tâcher de me montrer sommaire.
Au tribunal du goût si quelqu'un me défère,
Pour soutenir ce genre où le parti s'enferre,
Ce serait bien à tort : Je ne l'estime guère,
Bien qu'une coterie avec feu l'exagère,
Je ne l'aime pas plus que la verte fougère
Où mollement soupire une tendre Glycère,
Les pipeaux de Ronsard, Ovide ou Deshoulière,
Sentent trop l'heureux temps où régnait La Vallière.

En son ex-qualité de chanoine honoraire,
Après avoir long-temps fait retentir la chaire,
Mon père fut, dit-on, un bourgeois très-austère,
Partisan très-zélé du temps disciplinaire ;
Mais non pas, de Pâris, ce grand convulsionnaire.
Il garda néanmoins ce goût du séminaire,
(Goût que parfois partage un clerc turiféraire),
Toujours sur le principe et sur le corollaire,
A la foi des sermens il ne fut point faussaire.
Pour les mœurs on prétend qu'il entrait en colère.
Baisant avec respect certain vieux reliquaire,
Chaque jour il lisait son sacré bréviaire,
Et de la mort d'un roi ne fut point signataire ;
Cela fit qu'il resta fort long-temps stationnaire
Comme l'obscur commis de maint référendaire.

De la Basse-Allemagne étant originaire,
Ma mère fut honnête, et toutefois lingère.
Jeune, gentille, douce et bonne ménagère.
(Gardons-nous bien ici de parler d'adultère!)
On ne la craignait pas comme mainte commère
Qu'on traite pour raison de langue de vipère.
Mon père à son égard était un peu cerbère,
Si la chronique enfin n'est pas une chimère.
   Sorti de la roture, on m'a dit prolétaire;
Pourtant dans mes aïeux, je compte un mousquetaire;
Un cent-suisse, un huissier, un baron, un vicaire;
Un barbier-carabin, savant apothicaire;
Nombrant dans sa famille un très-grand feudataire.
Mais je m'en félicite, et n'en fais pas mystère:
La gloire fit jadis l'honneur nobiliaire . . . .
Et la vertu n'est pas toujours héréditaire. . . . . . .
. . . . .Passons! Une maison nommée hypothécaire;
En moi trouva jadis l'agent commanditaire.
Le sort, en me servant, du moins m'a pu soustraire
A la charge imposée au gérant solidaire.
Certes! A bien des gens cet avis se réfère.
   Avec le rang pompeux de premier dignitaire,
Rang souvent usurpé par maint concussionnaire.
Un jour on m'employa comme parlementaire
Pour obtenir la paix d'une cour étrangère.
(Ce rôle approche assez du rôle d'émissaire.)
De ces postes d'honneur soyez donc titulaire!
Pour tout prix j'en reçus les os d'un dromadaire,
Ainsi que plusieurs peaux de rennes, de panthère,
Dont les vers, sans respect pour mon goût d'antiquaire,
Ont rongé jusqu'au fond le tissu cellulaire.
   Déchu de la grandeur de plénipotentiaire,
Quoiqu'honoré du nom de démissionnaire,
Tour à tour je me fis tourneur et lapidaire;

Imprimeur, brocanteur, voire même libraire.
Avec fort peu de goût pour l'état sédentaire,
Long-temps sans intérêt je fus un fonctionnaire.
Hola ! me dira-t-on ; la chose n'est pas claire,
Où vous ne fûtes point préfet, juge ou notaire.
Non ; mais voici le fait : modeste adjoint au maire,
Des indigens souvent, on me vit tributaire.
Quelques-uns m'appelaient leur ange tutélaire.
La charge fut pour moi vainement temporaire :
J'en sortis à peu près comme eût fait Bélisaire.
Quelquefois la bonté fait qu'on nous considère.
Mais oubliant de l'aigle et le bec et la serre,
Malheur quand à l'excès notre cœur se dessère.
Alors j'en fis l'épreuve ; on me jeta la pierre,
Et chacun me traita d'une rude manière.
Toujours dans les emplois afin qu'on nous tolère,
Il faut être d'un chef l'humble commissionnaire.
Par le vote plus tard, devenu mandataire,
Je parlai longuement d'une voix de tonnerre ;
Mais je fus digne en tout d'un si beau ministère,
N'aimant pas des dîners le somptueux salaire,
Ni l'amour des patrons forts sur la circulaire,
Ni le titre fâcheux d'homme intermédiaire.
Lucullus à mes yeux figure un pauvre hère,
Ainsi que ce Grimod grand dans l'art culinaire.
Fi de l'adage enfin qu'offre la Mésangère :
« Qu'il faut, pour vivre en paix, avec les ânes braire ! »
Du Vésuve en passant j'allai voir le cratère,
Par souvenir pour Pline, auteur que l'on vénère ;
Après comme courtier, je m erendis au Caire.
J'y perdis mon argent de même qu'à Beaucaire.
Mon cœur ne comprend pas l'esprit pécuniaire,
Qui fait légitimer tout profit usuraire.
Investi des fonctions de bibliothécaire,

L'étude m'enflamma. La gloire littéraire
M'éblouit dès l'abord. Je fis un commentaire
Avec un long discours sur notre dictionnaire,
Que j'eus soin d'appeler : discours préliminaire ;
Mais ce travail n'était que métier de corsaire ;
Et, rougissant bientôt d'un titre imaginaire,
Par un nouveau calcul du monde planétaire,
J'essayai de tracer le système solaire,
En le coordonnant au pouvoir linéaire.
Mon sort, durant ce temps, cessa d'être prospère.
La science pour moi ne fut qu'une galère.
De mon mieux je vécus dans un état précaire,
Me nourrissant parfois de gâteaux de Nanterre.
Ce genre d'aliment sans peine se digère.
    Pour m'acquitter en tout jamais retardataire,
A mes engagemens je ne fus réfractaire.
Ce goût passe de mode ; aujourd'hui l'on préfère
Aux vertus de Numa les vices de Tibère,
Comme à l'homme de bien, un dangereux sicaire.
    Rédacteur du *Savant*, journal hebdomadaire,
Mon sort ne présenta que l'état tout contraire
De maint sinécuriste ou bénéficiaire.
On n'est pas très-heureux d'être folliculaire ;
Vive, pour le profit, celui de pamphlétaire ;
Mieux vaudrait se trouver riche complimentaire,
Ou de divers marchés certain soumissionnaire.
    Sans vouloir ressembler à monsieur de Voltaire,
Pas plus qu'au bon auteur, monsieur de Saint-H***re,
J'écrivis d'autrefois, sans être plagiaire,
Tantôt en vers, tantôt en style épistolaire ;
Donnant à maint sujet la forme élémentaire.
Aussi j'avais alors un bien mince ordinaire,
Dans un lieu mansardé dont j'étais locataire.
    Parfois de mes écrits ma parole diffère,

Cela provient, je crois, de mon état lunaire.
Je ne me connais point une âme mensongère,
Et méprise trop ceux qui parlent suivant l'*ère*,
Pour capter de Plutus la faveur éphémère.

Sur les pas de Socrate, un beau jour, statuaire,
Quoique je préférais le genre de Daguerre, [1]
Le ciseau me valut, devant un commissaire,
Pour trop de naturel, une censure amère.
D'hermaphrodite offrant l'image passagère.
Une feuille en fut cause ; ainsi jugez l'affaire.
Cet objet, pour les mœurs, parût incendiaire,
Un peu cosmopolite et peut-être insulaire.

Né sous le signe froid, voisin du sagittaire,
Dans le réduit secret d'un ancien presbytère,
On m'éleva sans bruit, non loin de Saint-Nazaire ;
Bien que l'endroit choisi fût auprès de l'Isère,
Comme étant plus propice à l'état sanitaire.
D'autres m'ont affirmé que c'était près d'Auxerre.
Pauvre alors je reçus les soins d'une vachère,
Sur un vieil escabeau, tout près d'une étagère,
Et de vases cassés, qui lui servaient à traire.
C'était pour mon hôtesse un triste pensionnaire.
Je suis riche aujourd'hui, près d'être millionnaire,
Sans avoir eu l'emploi de grand munitionnaire,
Ni le rang de comptable ou de reliquataire.

Revenu d'un trajet sous le cercle polaire,
En dépit d'Alecton, Tisiphone et Mégère,
(Peut-être bien aussi d'un coquin de beau-frère),
Qui n'eut pas démenti le bon cœur de F...ère,
J'héritai de grands biens que cumulait ma mère,
Autant par préciput que par riche douaire.

[1] Inventeur du Diorama, conjointement avec M. Bouton, et protégé alors par une princesse aujourd'hui dans les fers.

En suis-je plus heureux !.... Jadis, surnuméraire,
Visant à parvenir simple expéditionnaire,
De mes meubles sans peine on dressait l'inventaire.
Une table, un fauteuil du vieux tems de Clotaire,
Y compris ma couchette à roulettes d'équerre,
De mon plancher modeste, occupaient tout seuls l'aire;
Mais du moins je goûtais les plaisirs de Cythère,
Et chômais dignement certain anniversaire,
Qui se trouvait alors un jour complémentaire.
Que les temps sont changés !... loin d'être donataire,
Chacun me fait la cour et tâche de me plaire.
Las ! savez-vous pourquoi?... Pour être légataire,
Ou bien exécuteur, nommé testamentaire,
A la façon des saints qu'on a jugés naguère.
Bref, ce n'est plus pour moi que Lucine est légère ! ! !
Regrettable Lucine, ou modiste ou frangère,
Tu ne viens plus l'été meubler mon belvédère !
Un Adonis vaut mieux qu'un mobile ossuaire,
Fut-il même bambin d'une école primaire !

De trésors à quoi bon d'être dépositaire,
Quand d'un pas incertain on mesure la sphère !
Que sous le poids des ans la santé dégénère !
Les grâces n'ornent point le front d'un centenaire !
Pour un rien, quand j'y songe, en quelque monastère,
Où la vertu fut pure et la vie exemplaire,
J'irais m'ensevelir... Un homme à caractère
Le ferait à ma place. Ah! que ne suis-je père !
Au lieu d'être isolé, d'être célibataire,
Je serais !... que serais-je ?... Un mari débonnaire,
Eh ! partant ! allons donc... serais-je visionnaire?
Moi devenir apôtre, ou du moins missionnaire !
Prendre, pour mon habit, et le froc et la haire !
Et m'offrir en public porteur d'un scapulaire !
Mon sens ne suit-il plus un juste itinéraire?

Je serais inutile en tenant un rosaire.
Dois-je oublier ici ma qualité de frère ?
N'ai-je pas des neveux ? Et de plus sociétaire
De plusieurs lieux publics, quoiqu'un peu grabataire,
N'y puis-je encor donner quelque avis salutaire ?
L'égoïsme est-il donc rangé sous ma bannière ?
    A mon âge le monde est valétudinaire ;
Sans force, maladif ou parfois fluxionnaire ;
Il se soutient souvent par quelque électuaire ;
Mais moi, c'est par le vin de Beaune ou de Madère.
N'est-ce pas du bonheur ! moi qu'on dit à Lafère
Atteint mortellement d'un rhume pulmonaire ?
Déjà, dans ma jeunesse, un docteur qu'on révère,
Parce qu'il fut jadis un grand vétérinaire,
En méditant sur moi, me trouva poitrinaire.
« Au pouls je vois en vous la lésion d'un viscère. »
Il m'affranchit par là de l'état militaire,
Non pas comme conscrit, on réquisitionnaire :
Ceci se conçoit mieux que la pierre angulaire.
J'eusse été comme horace un pauvre volontaire.
Et, dans les jours brumeux, un mauvais factionnaire.
Il est vrai qu'héritier d'un vice scrofulaire,
D'où résulta plus tard une espèce d'ulcère,
Long-temps on m'abreuva de sirop capillaire ;
De fortes infusions, soit de pariétaire,
De jus de scabieuse, ou bien de fumetaire,
Patience, chiendent, bourrache, scorsonère,
Parfois on y joignait la plante potagère,
Le jus d'herbe et l'extrait, acide ou vulnéraire.
Ainsi qu'Anacréon, un froid articulaire,
Offrait, parmi mes maux, un mal intercalaire.
Ensuite on m'opéra pour un dépôt calcaire.
Le tems, en relâchant notre fibre ciliaire
Me force à cheminer à la façon d'Homère,

C'est-à-dire à tâtons ; mais presque octogénaire,
(Du moins si l'on en croit mon extrait baptistère,)
Quoique portant toujours un appareil herniaire,
Par des retours, mon sang me fait encor la guerre,
Et de mon cœur, parfois, en gonflant chaque artère,
Excite des désirs qu'on doit à sa bergère,
Ou me rappelle un temps dont la pensée est chère.
    Quelques gens m'ont jugé très-révolutionnaire,
Pour avoir combattu l'hydre de l'arbitraire.
Peu m'importe, après tout. Je ne suis point sectaire,
Pas même initié, ni récipiendaire,
Athée ou songe-creux, ni rêveur solitaire.
Sans-être le prôneur du trop fameux Barrère,
Non plus que le cousin du général T***re,
L'idole à qui mon sein ouvre un pur sanctuaire
N'est que la liberté ; je ne saurais m'en taire.
De nos réformations jamais je ne m'ingère ;
Mais j'adore ce droit que notre cœur enserre.
Qu'on ne me donne point le nom de doctrinaire ;
Je ne formai jamais un seul vœu téméraire.
Loin des bureaux je fus nommé légionnaire ;
Et mon esprit, toujours aussi franc que sincère,
Bien que des plus lians, n'eut rien de mercenaire.
Bref, toujours ennemi de l'horrible S***re,
J'abhorre la licence et l'esprit sanguinaire,
Et le sceptre des gens qui, portant l'éventaire,
Prêchent le *maximum* et la justice agraire.
    Grand jour de déception, Treize vendémiaire,
Toi qui donnas naissance au règne consulaire,
Tu sais pour quel motif, vers le dix huit brumaire,
Après m'avoir long-temps chargé d'un garnisaire,
On me mit dans les fers d'un cruel adversaire !
Misérable tyran, pouvoir discrétionnaire !
Tout fut perdu pour moi ! tout : pension viagère,

Remises, traitement, secours alimentaire.
Pourtant, quand de nouveau, sur ma faible paupière,
Je sentis du soleil la brillante lumière,
(C'était, il m'en souvient ; vers la fin de frimaire,)
Je sus mettre à profit ce que le temps suggère ;
Je cessai de briguer la faveur populaire,
Et de juger loyal l'esprit judiciaire,
Qui trop souvent ressemble à l'aloi monétaire ;
Mais, démasquant le crime aux regards du vulgaire,
Je le persécutai jusque dans son repaire.
Improbateur constant des lois du Janissaire,
Détestant à l'excès le joug du cimeterre,
Pour moi vivre tranquille est un bien nécessaire :
Aussi tous mes désirs, s'il m'en restait à faire,
Seraient que de la sorte on pût me mettre en terre ;
Et que, loin d'un vain luxe, une urne cinéraire,
Sans qu'on m'eût exposé sous la porte cochère,
Pût me servir de tombe et de drap mortuaire ;
Laissant au fol orgueil cet éclat *somptuaire*
Qui du riche soutient la pierre tumulaire.
   Qu'enfin mon épitaphe, en style légendaire,
A la faible clarté d'un simple réverbère,
N'offrît à ses lecteurs rien que : Ci-cît Bonnaire.

.   .   .   .

.   .   .   .

.   .   .   .

   Mais pardon ; pour finir, je cite de Rulhière :
Je veux sur ses vers purs voir mon heure dernière,
A moins qu'à l'Ambigu la gaîté ne m'enterre.

———

ENCORE

DES OBSERVATIONS

DES ÉDITEURS.

M. Bonnaire, puisque c'est de **M.** Bonnaire qu'il s'agit, paraît, suivant nous (mais nous pouvons nous tromper), avoir imaginé une partie des événemens de sa vie, ainsi qu'une assez grande quantité de traits critiques pour semer probablement quelque intérêt dans sa Profession de foi. Il est si facile, dans le discours, de se laisser entraîner à piquer la curiosité d'un auditeur bénévole avec des faits d'invention, sans courir le risque d'être relevé par des rapprochemens ! Peut-être n'en sera-t-il pas de même à la lecture où l'on aura le temps de réfléchir. Nous ne pensons pas d'ailleurs qu'on lui impute à crime de semblables mensonges, s'il en existe vraiment beaucoup.

Quant aux rimes en *aire,* qu'il présume avoir épuisées, nous nous permettrons de le désabuser à cet égard, afin de devancer le public. Le Dictionnaire de prosodie française et de rimes en présente un grand nombre : telles que *domiciliaire, jugulaire, capitulaire, scolaire, universitaire, syllabaire, réglementaire, pénitenciaire,* sans compter les nouvelles, comme *phalanstère, ossuaire, filifère,* etc. etc. etc., dont il aurait pu faire usage. Le lecteur lui en saura sans doute gré, puisqu'il lui aura épargné un peu d'ennui. D'ailleurs on croit devoir assurer qu'il a rempli le pari qu'il avait fait un soir en société avec un Lord, de composer sa profession de foi en trois cents vers sur une même rime. Si le compte fait ne nous a pas trompés, le nombre s'y trouve et même au-delà.

Toutefois, nous le prierons de nous excuser d'avoir changé son épigraphe tirée d'une brochure inédite, et d'y avoir substitué celle latine qu'on voit à la tête. La sienne : « Un homme d'esprit ne ressemble pas à tout le monde, » nous ayant paru de nature à prêter des armes à la critique, peut-être nous saura-t-il gré d'en avoir agi de la sorte.

FINIS.